KB119163

답청踏靑

나남
nanam

유종인

인천 출생

〈문예중앙〉 시 신인상

〈동아일보〉 신춘문예 시조 당선

〈조선일보〉 신춘문예 미술평론 당선

시조집《얼굴을 더듬다》, 시집《숲시집》외 몇 권

미술산문집《조선의 그림과 마음의 앙상블》외

지훈문학상, 지리산문학상 등 수상

나남시선 94

답청

2021년　11월　5일　발행
2021년　11월　5일　1쇄

지은이　　유종인
발행자　　趙相浩
발행처　　(주) 나남
주소　　　10881 경기도 파주시 회동길 193
전화　　　(031) 955-4601 (代)
FAX　　　(031) 955-4555
등록　　　제 1-71호 (1979. 5. 12)
홈페이지　http://www.nanam.net
전자우편　post@nanam.net

ISBN　　　978-89-300-1094-8
ISBN　　　978-89-300-1069-6 (세트)

표지 그림: Paul Klee, 〈Park〉, 1920.

이 도서는 한국출판문화산업진흥원의
'2021년 우수출판콘텐츠 제작지원사업' 선정작입니다.

나남시선 94

유종인 시조집

답청

나남
nanam

자서 自序

거룩한 마련도 없이,
나를 둘러싼 숨탄것들이 삼이웃 같다

구구한 사연들과 적막한 그늘들
버릴 수 없는 사랑의 속종들
모두가 종요로운 존재들로 늡늡해지는 마련들,
거기서 불어나오는
숨결 같은 바람들

그리고 해묵은 듯 새뜻한 시가 내게 건네는 소슬한 위
촉委囑들.

2021년 가을
송빙관松聘館에서
劉 鐘 仁

유종인 시조집

답청

차례

2부 한반도

3부 돌베개

1부

겨울 당나귀에서
봄 당나귀에게로

서신

첫얼음이 얼었다는 말,
시든 꽃이 만발했단 말,
당신은 봉쇄수도원에 순결을 심어놓고
나보곤 사창私娼의 다정함에
번민처럼 살라 했지

헌책방에서

1
성경책을 베고서 《고금소총》古今笑叢이 누워있다
누드집에 포개지듯 《반야심경》般若心經이 덮여있네
뭘 그리 내외하느냐
책 먼지가 웃고 있네

2
남몰래 간직했던 은애隱愛의 정표인 양
단풍잎 책갈피는 헌책 속의 새 책이라
언약에 심장을 바친 듯
피가 도는
육손이 잎

3
어머니는 손이 커서 우주가 사경寫經해 간
아무리 채근해도 주인장도 찾을 수 없는
어머니, 당신이란 책은
내 가슴의
혈서血書지요

겨울 당나귀에서 봄 당나귀에게로

건초가 허밍이면 생초는 육성肉聲일 게다 샛강의 너테들이 얼금덜금 풀려갈 때 해묵은 봇짐이 쏠리던 너덜경이 떠오르네

금이 간 김장독을 파내어 깨쳐서는 햇빛 속에 사금파리 마방진魔方陣을 펼쳐놓고 군동내 나던 말들은 햇것으로 맞춰보네

방울도 다시 차고 시샘도 다시 고르고 술독에 용수 박고 새로 뜬 됫병 술을 새 주인 봄의 안장에 곁두리로 매달려네

솟구치는 목청들과 꺼져가는 탄식들, 근심이 사는 마을과 꽃들의 들판 지나 해거름 발목이 접질려 시詩의 마을에 들겠네

가을 춘란

가을날 연신내에 옛집처럼 들렀더니
야채 파는 노점상이 귀퉁이로 파는 춘란,
가슴에 서려두는데
눈시울이 젖어드는

들판의 바보여뀌 흔들며 능놀다가
가을이 만보계로 재보다가 그만둔 바람,
춘란 잎 흔들다 말고
까무룩 졸고 있네

화분에도 들지 못해 이끼에 싸인 춘란,
중심을 놔두고서 변두리를 아낀 나여,
술 취해 옆구리에 찬 춘란
가을 막차 같이 탔네

정자亭子

사방으로 벽을 터서

소슬하게 불러들인

구석진 산그늘도 차경借景의 애인 같아

속없이 내다보다가

무릎에 앉힌

궁벽의

시詩

연호蓮湖를 지나다

계절은 다 거기 가서 여름을 사나보다
수런대는 연잎서껀 꽃잎을 바치다가
혹서酷暑의 수척한 새떼에
곁두리로 연밥 낸다

바람은 다 거기 모여 오지랖을 얻나보다
빠질까 멈칫하는 부리 붉은 물닭에게
오너라, 내 받아줄꾸마
연잎 마당 펼친다

적막은 다 거기 스며 마음 하나 여나보다
연꽃 아래 스쳐가는 유혈목이 등살에도
소름을 잠재운 물살이
물거울을 불러낸다

두꺼비와 나비

두꺼비의 식욕 앞엔 꿀과 화분 앉혀두고
나비의 허기 앞엔 파리떼를 끓게 하면
욕망도 심상해져서
무심천無心川이 흐를까

미모에 현혹될 땐 두꺼비를 부풀리고
덧없음을 뚱길 때는 이슬 젖은 나비 앉혀
내어라 두꺼비 등짝을
시름 깊은 나비 앉게

두꺼비가 거미 물고 나비는 꿀을 차고
외딴집 한 사람과 이물 없이 살라치면
나비는 손등에 앉고
두꺼비는 발등에 엄네

간체자簡體字의 나날

임종의 당신께서 이토록 마르시길

내 안에 불려주신 영육靈肉의 그루갈이,

간추려 다 물려주신 그 가난이 늡늡하다

숲에는 단풍이 진 뒤 뼈와 살이 정갈하다

털어서 덜어내서 나눠서 되물려서

바람도 읽다 가느니 활자活字로 선 나무들,

아담의 갈비뼈 하나 나눠 얻은 이브처럼

겨울 숲 삭정가지는 아궁이의 군불을 대고

그 재를 물에 타 마신 숲에서는 꽃이 버네

번다한 이 내 말들 언제쯤 간정해질까

벌판의 저 고리버들은 제 가지를 베어준 뒤

한 채의 버들고리로 뼈가 고른 문자 그릇.

종이컵 화단

한 잔의 갈증들만 입을 축여 버린 뒤에
백골白骨의 남루로서 거리에 나뒹굴 때
내 다시 너를 줍는다 홀가분한 가난인 듯

종이컵에 흙을 채워 늦된 봄을 불러본다
립스틱 붉은 입술이 흘러내린 종이컵 운두,
서둘러 청혼을 하듯 소낙비에 씻겨본다

색색깔 채송화들이 한 컵 두 컵 깨어나서
반지하 독거노인의 현관 앞에 터를 잡다
종이컵 화단이구나
일회용을 넘어, 피다

국립중앙도서관

매화가 피었는데 책들은 묵묵해도
서가書架의 책 먼지는
오랜만에 설레는가
창 열면
향기를 읽으리
못 읽는 게 없으리

산수유 노란 낭송朗誦이 허공에 흩뿌려지듯
책들아, 모두 나와
네 속말도 풀어보자
가슴 뛴
어떤 글자는
풀물마저 들으리

목련이 서둘러 지네 생략하듯 설핏 지네
오늘은 시집을 펴도
여운만이 감돈 오후,
듣느니
마침표 다음에
푸른 쉼표 촉 나오리

열람실 밖 나무들을 어찌하면 읽어볼까
바람이 흔들어 읽고
햇살이 밝혀 듣고
그늘에
그대가 들면
연리지로 읽어보리

히말라야 세탁소

기름쟁이 정비공의 검은 옷을 볼 때마다

만년설萬年雪 계곡물을 골목까지 끌어다가

팔뚝을 걷어붙이고 손빨래를 해주고 싶네

기름때는 무지개로 번졌다가 사라지고

푸르른 진jean이 되어 초원을 입은 듯하면

다치고 배탈 난 곳들도 다수굿이 고칠 거다

아침결 세에탁~ 소리 어디서 나나 봤더니

에베레스트 산정山頂에서 영험 받아 내려온 듯

찌들고 터진 솔기도 마다 않고 받자한다

칙칙폭폭 스팀다리미로 구김살을 펴다 보면

허우룩한 중년의 오후도 청춘의 날이 서고

주름진 그대여 오라 절창을 빼쏘겠다

어머니 당신만은 히말라야 세탁소여서

우러러보는 것만도 훤칠하게 트인 영혼

정상頂上은, 내게 주시고 셰르파Sherpa로 묵묵하신

뱀딸기

시론詩論과 더불어

뱀의 수식修飾 앞장서서 먹어보지 못했다
아파트 뒤편 샛길에 유혹처럼 꽃핀 열매,

못 먹어,
번지는 맛이야
누가 일러 알겠는가

시론詩論으론 시詩를 못 써 줄글만을 끄적이다
라디오서 흘러나온 한 시인의 육성 낭송,

듣자니,
우주의 골수를
빼먹어서 절절한가

우리 동네 과일가게 동서양의 과실 속에
골똘히 꿈질돼야 명망 있는 족속일까

사매蛇苺야,
맛이 없어도
잃을 맛이 또 있더냐

허공을 내려받아도 들일 맛이 있는 시詩야,
맛없다 내쳐진들 독毒 안 품는 사매야,

진미珍味는 세상에 주고
그늘 심심 달게 살자

파초芭蕉의 내력

두루마리 양피지처럼 초록 문서文書가 올라온다
해마다 땅이 올리면 하늘 높이 읽어가는
남국南國의 처사處士가 심은
청처짐한 그리움들

그 꽃이 미욱해도 그 잎새가 천막 같고
그 열매가 열없어도 육척六尺의 노자老子 같네
옥생각 떨치고 키워서
뜰에 들인 이국異國 생각,

변두리 외주물집 키 낮은 담장 너머에
가난을 곁에 두고 파초가 선비 같던 집,
초록의 반그늘을 외며
번뇌마저 식힌 자리

여독旅毒을 씻어내듯 갈바람에 흔들리면
아득한 선사先史 저편의 순애보도 얼비칠까
사랑의 처음 그 빛깔을
늡늡하니 불러보네

겨울 두꺼비 생각

눈 펄펄 내리는데 웬 두꺼비 생각이 나
가만히 책상 귀를 두드리고 있어볼밖에
그런데 유리창에 있잖아
두꺼비가 쩍 붙었네

들어와! 피가 식는다
아랫목을 내줬더니
묵은 술 어디 없냐 그 긴 혀를 달싹여
이 녀석 동면도 물린 채
술 생각이 깊었구나

문풍지가 울며 넣는 추임새를 장단 삼아
보고 싶다 하마蝦蟆*야 곱사춤의 한마당을
소름이 끼쳐줘야지
맹탕으론 시가 없네

———
* 하마 : 두꺼비를 다르게 부르는 이름.

당나귀와 함께

나의 불혹不惑 한 귀퉁이 적막의 나이를 팔면
돈으로야 못 받겠고
당나귀나 빌려다오

봄날에 저지른 이별을 가을볕에 따라가게

가난이 맑고 시린 물빛을 아끼려고
섬에 가는 뱃전 갑판에
나귀는 네발 서다

졸시拙詩는 내가 짓느니 투레질로 화답해라

나는 때로 고기 씹고 너는 때로 청귤 씹고
눈보라가 음유吟遊처럼
유리창을 흔들 때면

당나귀 큰 귀를 파주며 봄우레를 엿듣겠네

발품

발바닥 뒤꿈치가 갈라져서 피가 난다
연고를 묻힌 손이 문선文選하듯 골라보니
거기도 시마詩魔가 어리나
피가 서는 한 줄 시다

예식장과 장례식장을 펀마모로 다닌 구두
환호성과 울음서컨 그 하루를 밟고 와서
저녁엔 발을 씻으며
발가락과 깍지 낀 손

목마른가, 춘란 화분에 한 대접 물을 줄 때
단출한 난경蘭經 한편 초록으로 골라낼까
헛헛한 저녁에 돋쳐
선술집에 발길 낸다

충전

1
지하 역사驛舍 으늑한 데 모여드는 노숙인들
박스 깔고 누추를 베고 한뎃잠을 눕히는데
방전된 배터리들을
갈아 넣는 몸짓일세

2
폭설에 잠겨버린 교외 마을 지날 때
개척교회 첨탑만이 중뿔나듯 도드라져
고립에 품고 잠들 말
안테나로 수신하네

3
여름은 왜장녀처럼 그늘만을 끌다 가나
가을까지 남아있는 개복숭아 푸른 뺨에
석양의 각별한 눈총
연애 반 뺨 넣고 가네

32

동행

내 낡은 자전거에 거미줄로 세든 녀석

바퀴가 달린 집이니 들판 길을 같이 달려

풍경도 겸상으로 받아

사람 좋고

거미 좋다

머위쌈

소낙비가 다녀가고 별빛 달빛 으늑했지
바람이 어르고 달래
손금까지 봐줄 만해
그 손에
식은 밥 한 덩이
감싸쥐고 먹는 호사

쥐코밥상 그마저도 머윗잎이 대신하듯
한 덩이 김이 서린 시루떡을 얹고 보면
무심코
욱여넣을 입
당신이면 좋을 것을

빗자루들

자전거 뒷안장에 빗자루가 실려간다
새벽 비 물웅덩이를 벌물처럼 쓸어내고
벚꽃잎 사방에 흩어진
그 봄날을 배웅했네

한나절 다 쓸고 나면 어두워도 밝은 구석
가만히 비었어도 그 자리는 꽃밭 자리,
빗자루 빗살 자국이
땅 정수리 빗은 자리

그대가 어지럽힌 내 마음 어웅한 터에
한밤 내 싸리비 들고 옥생각을 쓸다 보면
어둠은 머릿결도 곱구나
보람에 찬 빗자루들

밤의 반죽

성탄이 가까워서 피자 반죽을 하다가는
손가락에 달라붙는 찰진 인연 떼고 붙여
도마에
떡하니 올리면
불두佛頭 하나 희멀쑥하다

비구니의 수녀 친구,
귀뚜리와 꼽등이들
명창을 빚으려는 벙어리의 타는 눈빛
불두를 다시 뭉개니
쇠불알도 미쁘다

춘니 春泥

석임물이 지린 자리
진흙의 인주밥이듯

실성한 축軸
바람난 촉燭
환장해도 좋은 봄엔

그대가 스쳐간 자국
내 발자국 포개 찍듯

깨금발로 돌려 찍듯
인화문이 굳는 하오

고라니와 너구리도
외따로이
서린 족장足章

너 따로 나 따로 없이
진흙 낙관이
구성지다

죽은 고양이의 가을

먹고 싶은 바다가 비린내를 물고 간 뒤
우묵한 눈깔 속에 빗물이 눈을 뜨고
털 빠진 귀때기에 대고
나비야, 불러본다

숨겨둔 발톱을 내어 가야금을 타보겠니
스치듯 사라진 몸에 달빛 해금奚琴 슬었겠니
은행잎 몇 장을 덮으면
부음訃音마저 가붓하다

도래샘

맨손 하나 연장 삼아 맨땅을 파다 보면
산그늘을 오래 먹어 느꺼워진 가슴처럼
땅마저 풍루風淚를 흘리나
눈시울이 젖었네

웅숭깊은 우물 속은 눈독 들인 하늘 차지
지구별에 귀 기울이듯 오체투지 물 마시면
도래샘 그 맑은 연적硯滴에
이마마저 습습하네

땅이 어는 입동 전후 두더지가 마신 샘물
호두나무 그림자도 목마름을 적신 내력
《천수경》千手經 한 질帙 엮느라
멧토끼 눈이 빨갛네

헛묘에 빗발이 치니

탐라 동광리 육거리

누가 일러 여기 와서 헛묘 앞에 해찰 떨 때
기운찬 어느 날은 물메기 입으로 울어
헛묘에 빗발이 치니
궂긴 당신 다시 듣나

가문 날도 마르지 않는 습습한 내력 앞에
해코지는 뭐할라꼬 그토록 사나웠나
곡두로 내 어깨를 겯는
그대 어서 몸을 내게

헌작獻酌 술에 찰방대는 빗발은 또 뭐고
들여 새긴 돌비 각자刻字에 술을 치듯 빗발 드니
이리 내, 잔盞 잡을 손을
난蘭을 치듯 술을 치게

언제든 살아 와선 내 묏등이 아니라고
헛묘를 깨 밭을 일궈 메좁쌀을 길러서는
오메기 술과 떡을 내리
궂긴 몸을 깨워 오게

2부

한반도

겨울 선자扇子

왼 눈깔이 멀어버린 고양이의 낮잠 곁에 쥘부채는 짐짓 접어 화로 옆에 기대 놓다

화들짝, 펼쳐 부르니

창밖 눈이 설레네

팔월

허짤배기 경비원이 새벽부터 비질 끝에
가만히 쓰레받기에 주워 담는 매미라네
멀쩡한 그 몸을 두고도
울음만은 썰물이네

느릅나무 돌무지가 웬일인지 들썩거려
눌러놓은 낙관인 양 가만히 떼어보니
두꺼비, 삼세三世를 돌아와
밀린 기담奇談 팔겠단다

열고 닫듯 오란비의 변죽 아래 옥수숫대
푸른 수염 휘날리다 그 가운데 누른 수염
팔월을 다 그칠 무렵엔
붓을 매야 쓰겠다

소낙비

처마를 갖게 해주마
소리쳐 웃게 해주마
들길을 함께 달려 전생을 찾게 해주마
그림자 함께 말리며
옛 소식을 엮어주마

개여뀌에 돋은 소름을 종잡아 흔드는 것도
네 속에 비바람 든 옛 소설의 구성짐도
마음의 살림 같구나
상처마저 아득타

돌려세울 그대라면 바위라도 선뜻 옮겨
앞길을 막아놓고 비의 창살 세워 봐도
길 열어 멀어지는 맘,
소란 적막이 한 몸이다

새벽 눈

내 잠에 주걱을 넣어 궂은 꿈을 긁어내듯
새벽녘 넉가래 소리, 구수하게 긁히는데
발 한쪽 문밖에 두고 잔
그대 짝눈 트이겠네

노숙의 박스 성城에 궂은 눈발 넘봤을까
추위에 곱은 손발을 라이터로 덥히면서
한 이불 덮고 자겠다
들이친 눈, 곁에 두고

환상 동굴

빈손을 넣으면 천뢰天籟의 시가 잡혀 나와
내 속의 빈말을 덜며 그림자로 따라다니니
온종일 심부름꾼 노릇
그마저도 좋단다

가만히 한 발 넣으면 어느새 이인삼각二人三脚
그대야 눈보라 속에 한 생애 회오리쳐 오라
저물녘 여울에 발 담고
네 발 내 손 씻긴다

울음 굴窟에 손을 넣어 박쥐처럼 불러낸 웃음
그 웃음의 매파처럼 봄에 엮어 파다한 꽃들
어웅한 현묘玄妙의 소굴이
뭇별들을 토하겠다

몽타주

찾는 이여, 짝눈이라도 그리게 해줄런가

끌밋한 이목구비들 눈매 입매 두동지지 않게

천지간

더듬어 헤매는 일

사랑 능선을 그리나니

담쟁이

벽壁이라고 막아서면 문門이라도 내겠다고
손 푸른 도편수가 샅샅이 살펴 더듬듯
어딘가 숨었을 거야 숨통 트일 그런 곳이

천둥에 떨던 날림집 한 땀 한 땀 감침질하듯
버성긴 그물코를 이리 꿰고 저리 매듭져
푸르게 손잡아 주며 상록의 집 재우치듯

벽이라는 그늘진 말 가만가만 매만져서
바람이 불어오면 푸르게 담 넘겨주며
등 돌린 벽들 다독여 연리지連理枝로 감싸듯

한식寒食
어머니

토마토 한 팩과 청주 한 병 올리나니
폭설을 다 물리쳐 봄볕이 고봉입니다
묏등에 찬술을 부으니
쇠뜨기도 젖습니다

밥도 국도 다 식은 채 새끼 하나 기다린 저녁
눈물 밴 화살기도가 촛농처럼 굳은 새벽도
더듬어 촉루髑髏인 당신은
봄꽃보다 뺨 곱습니다

천지에 한 끼니는 화기火氣 멀리 두었다가
무릎에 거미가 오르듯 선선하게 겸상합니다
퍼주고 또 퍼주는 당신은
우주만 한 뒤주입니다

뒤란을 읽다

인기척에 굶주린 듯 적막이 주인 된 집,
앞마당엔 양력이 밝고 뒤란엔 음력이 살아
낮별의 수다 소리가
반그늘로 조곤대는,

밤바람에 개살구가 뒤란으로 후살이 오면
아침에 흙 묻은 몸을 바지춤에 닦아서는
잇몸이 무른 당신께
제일 먼저 선뵈야지

산죽山竹이 수런대는 뒤란은 모음母音의 땅,
어머니 새벽꿈에 내 아명兒名을 부른 듯하면
산닭이 울다간 자리
붉은 고요 읽는다

숨은 꽃

못

낡은 베니어판板을 무심결에 들춰내면
자벌레는 도망가고 몸을 마는 쥐며느리들,
어둠에 뿌리를 박으려 애를 쓰는 녹슨 못들

못 끝에 서린 녹물이 새삼스레 붉어지면
녹슨 못도 꽃인가 봐, 봉오리만 잔뜩 부풀린
면벽面壁의 세월을 뚫고 아픈 눈을 뜨려는 듯

밑으로 겹겹을 뚫고 무슨 말을 하고팠을까
모두들 하늘 높이 머릴 드는 꽃밭에서
짙붉은 허욕의 머리를 내리치는 우레에 산다

흔들리고 허둥대는 한나절의 꽃을 죽여
매 맞는 슬픔마저 근성根性처럼 서려두고
박히면, 죽을 때까지 결박結縛 기쁜 숨은 꽃들!

귤橘

끝내는,

헤어지며 건네는 귤이어라

뒤돌아,

향기로 재장구치는 귤이어라

썩어도

나비를 부르는

달큰해진 혼魂이라

나도 고무신

무엔가 무거운 맘, 시렁 위에 얹어놓고

겨울 낮 한량의 몸

고무신을 꿰고 만다

우주 밖

대청마루에 내가 섰다 해야지

꽃고물 묻혀오는 그런 사랑 못 미덥고

슬픔도 서너 됫박 퍼낼 줄을 아는 눈매

그대야,

다시 고무신 꿰고

신발코를 맞대보자

나름

어제는 햇볕 나름

오늘은 물결 나름

내일은 산수유 펴

홍매화는 모레일까

석 삼 년

빈 정자亭子 하나로

기다림도

나름 백 년

답청 踏靑

1

맨발로 밟고 가자
바람을 밟고 가자

피를 좀 흘려보자 초록을 좀 눌러보자

헌혈차
문을 밀고서
겨울 피를

봄에
주자

2

들판은 연둣빛 들판
돌아올 땐 초록 들판

외딴 것들
빈손에는
연애담이 풀물 들어

지구에
또 사랑이 걸린다
짙어가자
마음이여

3
비천한 듯 고고한 듯 가난한 듯 소슬한 듯

그러나 품고 넘자
거리의 소산일랑,

맨발로 달려가 맞자
천둥 치는
천기天機의 들

동숙의 노래

꽃을 든 생가지와 버섯 피운 죽은 가지의
산벚나무 한 그루를
숲속에서 마주치니
화촉華燭을 켠 장례식인가
경조사慶弔事가 한 몸이네

얼마는 죽어 살고 얼마는 살아서 죽는
동숙同宿의 노래인 듯
저물녘의 멧새 소리
갓 솟은 무덤의 풀이여
생게망게 흘러들라

먹자골목에서

인생은 돼지 한 마리,

뭘 먹다가

멱을 따는군

왁자하게

더러는 푸짐히 한 상 차리다

제 머릴

제상에 올리고

웃으면서

혼魂이

뜨네

나무빨래판

누군가, 다녀갔을까 해맑은 여름날인데
간밤의 먹장구름을 쉼 없이 끌어다가는
광야 끝
빨래터에서
오체투지로 치댔을까

어제는 오늘에 대해
혁명은 생활에 대해
어눌한 마음자리 새 하늘을 펼치라고
요철凹凸의
산과 들판을 두루두루 살라 하나

끓어 넘친 밥물조차 손끝으로 거두시던
어머니, 그 가슴 자락에
윤똑똑이 자식들이란,
평생의 손빨래로 재우친
진솔인 듯 애틋하다

육교에서

실골목의 바람들이 이리저리 어깰 치다
빈 유모차 밀고 가는 할머니 등을 부풀린다
귀퉁이 민들레꽃들도
집성촌이 샛노랗다

인도에서 쫓긴 좌판이 육교에 자릴 잡고
다국적 상품들로 꽃밭처럼 펼친 노점露店,
함부로 내쫓길 수 없는
하늘 아래 직영점直營店이네

도마를 말리다

어머닌 박달나무 나무도마를 쓰셨고
아내는 플라스틱 얇은 도마를 쓴다만
칼날은
피할 수 없어
지청구는 하나같다

칼질을 잘 받아야 쓸모 있는 목숨이니
내 가슴 패이는 건 받자하는 시구詩句려니
아내야,
운율도 잘 타야
손가락도 안 베이네

때로는 칼도 저물고 생선 피도 씻겨나가
고양이 졸음 겨운 베란다로 소풍 나가
가슴에
다져진 말 하나
햇빛 속에 말려 보네

풀밭의 신발

맨발이 예의 같았다
풀밭에 들어갈 때는
밟는 게 아니라 더듬어 살피듯이

풀밭에 벗어놓았다
발이 먼저
얼굴이다

강물에 몸 던질까 벗으려던 신발들아,
오늘은 발길 돌려 초록에 투신해봐

밟아도 되살아나는
풀의 일생이
웃는다

쥘부채를 펴다

이몽룡의 열혈을 가려주던 가면이더니

춘향의 다솜을 호명하던 손짓이더니,

선면扇面에 슬은 옛 산수山水는

차꼬를 풀고

예, 흐르나

연못이 있는 정자

두 발을 연못물에 탁족濯足하듯 담고서는
져버린 연꽃 생각에
굴풋해진 정자亭子 앞에
그제사 대궁밥처럼
푸른 연밥이
올라오네

오월의 연못물엔 각시붕어 새끼 오글거리고
드리운 산봉우리엔 능노는 소금쟁이 떼,
정자는 바람을 불러
풍경風磬 한 번
치라 하네

노숙의 한 사내가 저녁 무렵 숨어들면
변방 군왕이 납셨다! 호시절을 참칭하듯
하룻밤 사내의 꿈속에
칙사 대접이
융숭하네

겨울 우레

먼 산이 울컥하여 큰 기침을 하고 갈 때
뒤따라온 침묵은
장승처럼 큰 눈 뜨네

평생을 서서 듣겠네
사랑이라 홀린 이 몸

오월의 등꽃 눈물을 겨울이라 얼 리 없이
마음에 걸린 징을
당목撞木처럼 울려대면

잠결에 꿈 섞어 듣겠네
깨지 않는 천일몽

산역山役

이장移葬한 묏자리에 멍석딸기 우북하네
햇살도 부장副葬될까
네굽질로 뒷걸음치는,
우묵한 땅의 눈이여
딸기 가시도 다디달까

볕이야, 먼가래했다
동터오는 넉살이지만
마음에 오롯이 묻고 묏등 불릴 그댄 없나
산처럼 산을 넘어선
사랑만 한
능역陵役 있나

이끼밭

설운 그늘 깊어서는
아무도 찾지 않네
묏등조차 주저앉아
뗏장마저 흩어졌네
그래도
그댈 덮어주고자
꽃도 열매도
내다 버린

풀꽃에 내몰리고 나무 그늘에 가렸어도
죽으면 큰 키들도 낮아져 오는구나
소슬한
이 초록 이불 아래
발 묻으러
오는구나

그늘 깊은 영혼에서 이끼 냄새 난다 하네
이끼 냄새 깊은 곳엔
귀신들도 순해져서

갓 씻은 맨발을 내어서
이끼밭을
걷는다네

한반도

볕바른 산자락에서 흰 개 끄는 아줌마에게

그놈 참 잘생겼다

진돗개냐 물었더니,

엄마는 진도珍島 것이구, 아빠는 풍산豊山이란다

진도, 풍산 합방하듯,

한라漢拏 백두白頭 겸상하듯

임꺽정의 구월산九月山도 성춘향의 남원南原골도

외곬은 궐공인 게야

서울 평양, 맏잡이들아!

3부

돌베개

가을 목내이

햇빛도 설핏해져 어웅해진 눈 그늘에,
저 들판을 걸어오는 살이 헤진 사람 있어
팔 하나
먼저 내주며
들잠 베개 삼으란다

이 하루는
영원의 품이 토막잠을 내어준 날,
잠 깨어 다시 잔대도 편지마저 쓰고 자라
마르는 피를 재촉해
펜을 드는
목내이木乃伊여

죽어서 다시 사는 생령生靈 같은 기척 있어
더듬어 몸을 찾고 다듬어 맘을 세워
나락奈落에 떨어진 사랑도
길어 올린 반생반사半生半死여

유년의 판화

1
바람도 한 줄 없이 그림자가 일렁인다
눈먼 기억들을 바늘귀에 꿰는 어머니
남루를 깁는 낙타여 촛불마저 목이 탄다
불빛도 지루한가봐 그을음을 피우는 밤
머언 곳 동정 살피듯 창문 쪽으로 떠는 귓불
밤새워 사막을 기워온 어머니의 무르팍이여

2
연을 날려보면 아득함에 소름 끼친다
솟구친 가오리연은 하늘 호수에 숨었을까
끊어진 연줄에서는 사금파리로 우는 햇살
청국장 끓이는 냄새 솔잎 타는 저녁연기
갈라진 손등에 문댄 가난 시린 콧물 자국
주접든 개를 붙들고 마구 뛰던 텅 빈 운동장

3
누군가 올 것만 같아 공연히 들창을 열면
이마에 닿는 하늘 혀로 받는 꽃눈송이

부엌엔 밥물이 끓고 감자싹이 돋는 윗목
먼 겨울 우레에 잠귀가 들린 외할머니
더 이상 늘린 입성은 저승에나 있다는 듯
두 손을 두 손을 호두알처럼 비벼 내 귓불을 어르신다

족발과 난초

창가 난분蘭盆 곁에 족발을 욱여 뜯다
관음소심觀音素心,
깊은 꽃말을 향기로 듣는 귀여

살을 다 발라낸 뼈가 꽃빛깔로 희구나

뜯느니 시참詩讖이여,
치느니 흐린 술을
난초잎 그림자가 족발 뼈에 흔들릴 때

난꽃이
마침 떨어져 혀를 자른 듯하네

젖은 옷

몸이 깊이 마르고도 이렇게 습습하니
아직도 누가 내게 눈물샘을 대주는가
영혼에 젖은 옷 입혀
시詩로 불린 내막들

한 꺼풀 비가 걷힌 내가 다시 가뿐하면
고통을 받자하니 얽혀드는 생의 넌출
헤치고 나아가자니
긁히고도 새뜻한 말

번뇌는 포도넝쿨 여름 도와 가을에 익지
새삼*처럼 옥죄었다 맑혀졌다 탁해졌다
아니면
시마詩魔가 죽어
버릴 것이 무언가

---

* 새삼: 덩굴성 식물로 다른 식물을 감아 영양분을 섭취하는 기생식물.

겨울비

뜨락이 어둑하여 내다보는 내 얼굴을
먼 산이 같이 보자
마당 앞에 우뚝 서니
무슨 말 나눠도 볼까 미소부터 머금다

잡기雜技도 비에 젖고 연애도 물초가 돼
어느 집 처마 밑이 천당처럼 아늑할까
길 잃자,
드넓어질런가 헤매 도는 산새들

오늘은 그림자도 제 숙주宿主를 출타出他 않고
부침개 기름진 소리에
찬 얼굴의 그댈 불러
발등이 불어서 걷던 옛집 골목 애길 트세

술 붓고 가슴 덥히고 두꺼비도 불러 앉혀
창세기는 아득해도
연애가 창세創世이듯
비 곁엔 눈발도 숨죽여 젖은 시를 고르나

웃음을 건네받다

첫눈 온 날 아침상엔 아욱국이 올랐어라
숙취 어린 눈빛으로 국물을 흘려 넣다
번열煩熱의 가슴을 훑듯
아욱국물
속에는

곁눈처럼 잎줄기에 숨어 핀 아욱꽃들
펄펄 끓은 국냄비에서 꽃패를 내어준 듯
내 속이 시원한 것이야
꽃을 우린
뒷맛인가

고운孤雲 시편 1

최치원

가야산 해인사가 몰년沒年인가 싶다가도
새까맣게 몰려가는 눈보라의 적멸 속에
꽃사태 되물린 뒤에 단풍 들어 다시 오네

풍류風流의 일족一族으로 당신은 부활하니
달동네 아이들에게 드론 하나 띄워주고
낮달을 귀동냥하며 드론 선객仙客 자처하네

한여름에 패딩 입고 한산시寒山詩를 읊는 자여
남루襤褸마저 꽃이 되라
입도선매立稻先賣하고 나면
세상의 옥생각들도 숨은 꽃을 트겠네

난처難處에 몰린 겨울이 고드름을 와삭 깨고
새로 난 들풀을 밟고 맨발을 샛강에 씻고
저 처자 청맹과니 눈에 입맞춤이 서늘타

초겨울

두더지가 감감하니

땅 구멍에 들어찬 뱀들

한숨도 둥지를 틀듯

허공중에 서리 낀다

무덤아

빗돌은 물려도

단풍이불은

끌어 덮게

산란 山蘭

기왓골 눈석임물이 습습하니 젖어 내려
해당화 그림자는 숫눈 위에 적요하니
누군가 와야 쓰겠다 질척이며 와야 쓰겠다

어디에 겨울을 난 춘란 春蘭 몇 촉 보러 가듯
즐거이 떼를 쓰듯 신발 밑에 덧신 신듯
무겁게 걸음을 떼도 눈에 반길 산란 山蘭 있어

신발에서 떼어낸 흙을 화분 속에 마저 넣고
솔가리도 버무려져 춘란 뿌리 서려두니
생각은 그믐 같은데 깊은 임이 갈마드네

고욤나무 아래

삽살개가 턱 받치고 설마 달까 갸웃대는

가다가다 인생이 쓴 사람들의 군입정인 듯

몬존한 낮달 가까이 청처짐한 고욤 가지

지게차가 지나간다

인왕산 바위들이 밤비에 거뭇해서

인왕 산빛 한 짐 뜨듯

갠 하늘도 마저 떠서

광야의 외딴집 당신께 이 마음도 떠가네

돌베개

적벽돌 수건에 싸서 뒷목에 물린 사내

능수버들 긴 가지가 낮꿈 속을 스적이면

돌베개 팔베개로 바꿔 왕소군王昭君이 오잖나

그대가 건너왔던 징검돌을 마저 빼서

올 일은 있었으나 갈 일은 기약 없이

파초잎 그늘에 둔 돌을 하냥 베고 살잖다

고운孤雲 시편 2

최치원

바다거북 등에 업고 떠도는 구름 있어
귀갑龜甲에 내린 빗물 신선술로 술을 빚어
가난한 초가 뒤란에 술동이를 놓고 가네

천 개의 눈을 가진 천 개의 손을 가진
지상에도 발이 닿는 오지랖이 넓은 구름,
어둑발 정치政治를 뚱기듯 번개 훈수 번득이네

까막눈이 백정白丁 아이 산그늘에 불러 모아
천자문 동몽선습 희희낙락 뚱기나니
개천에 용龍들이 많아 구름 그물이 터진다

비오는 처마 밑에 시를 외는 가을 제비
강남江南은 세상천지 아닌 곳이 없는 듯이
풍류는 새뜻한 역마살, 보랏빛의 풍류납자風流衲子

86

조롱박을 타다

줄톱을 들이대니 박씨들이 파안대소라,
패가 갈린 두 쪽인데 낭패를 모르는 건
속을 다 들어내서도
담을 일이 지천이네

박 껍질을 삶아서는 반그늘에 말린 고요,
몇 놈은 약수터에 바가지로 매달아두고
마주한 겹사돈마냥
오며가며 눈 맞추네

말라버린 약수터의 가랑잎만 불린 처량,
어디라 찬 샘물을 탁발하듯 불러올까
여기를 한 자쯤 파봐요
지관처럼 웃는 표주박

비의 별사別辭

버려진 유리창의 흙먼지를 깨우는 비,
점괘를 보려는 듯 수작이 젖어든 뒤
습습한 우중雨中의 계사繫辭를
박수覡처럼 고르나니

봄버들에 들이쳐선 연둣빛 몸을 얻고
바위를 맞아서는 명상으로 맘을 앉혀
생색生色이 번져가는 길
그 목숨이 새뜻하네

직박구리 소리에도 왼 어깨가 스쳐 젖고
갈까마귀 먹빛 울음에 잔등이 무거워져
저녁의 바짓단 가득
외상처럼 젖었구나

오면서 가는 비는 그네인가 상여인가
죽은 나무엔 곡비哭婢처럼
꽃그늘엔 전기수傳奇叟처럼
여장女裝한 창가의 빗소리
폭포에선 사자후獅子吼라네

에어 커튼air curtain

여름은 문밖에서 백일홍을 피워놓고
문지방 넘어들면 가을 공기 선득해라
공기空氣의 주렴을 쳐놓아
시절 맛이 갈마든다

여기는 장미꽃밭 거기는 눈밭이니
누구라 막幕을 쳐서 별천지를 나누었나
네 뺨에 내 숨이 닿아도
환히 젖는 마음 있다

골칫거리

나는 나의 골칫거리
해결은 멀다 해도

지끈거리는 하루해
서늘한 달빛 거리를

풀무치 수염을 단 듯
예서 제서 시詩를 끄는

그제 만난 골칫거리는
닭장 안의 닭의장풀

어제 스친 바람들은
적막의 목하 열애

이슬에 발을 빠뜨린
가을밤도 골칫거리

농담은 열어놓고
번뇌를 능놀면서

이빨이 시리도록
샛강에 눈을 빠뜨린

광야로 술내를 풍기는
사랑마저 골칫거리

머리카락들

욕실 바닥 버려진 필체筆體들

누가 썼나 궁금했는데

번민이 쥐어뜯듯 어둑발로 받아썼나

그런 뒤, 아호雅號도 없이 흩어버린 무심체無心體여

입적

도서관 옆 열네 그루의 계수나무 시월인데
그중에 제일 먼저 단풍 털고 맨몸이 된
계수야, 무슨 마음을 그리 훌쩍 털어 입냐

헐벗었단 눈총 비켜 허공 자락 진솔 삼아
사랑은 혈혈단신 선걸음을 떼는 다짐
스쳐도 사무치겠다
입을 닫고 말을 튼다

꽃게와 놀다

톱밥 상자 관棺을 열고 강시처럼 튀어나와

여름 꽃 마저 꺾어 가을 높이 치켜든 발,

악수 좀 하자는 건데 종주먹질이 사납구나

바다는 멀었으니 그리움은 옆걸음질

민물에 눈물을 덜며 내 연못을 바다 삼고

몽니에 빠진 사랑을 집게발로 꼬집어다오

술과 국수

어젯밤엔 댓잎술을 다섯 병쯤 마셨더니
초승달이 버들눈썹 그대처럼 보여서는
마음의 실골목들까지 환하기만 하였네

비명을 달게 마신 늦은 아침 시장기를
비둘기 날갯짓소리로 국숫발을 감아들 때
흰 수염 그늘을 마시듯 강물소리 감도네

술이 그친 아침나절 속풀이로 오는 바람
그 바람에 국수사리 사려두는 그대 손은
도르래, 세월의 도르래
그댈 긷는 나 도르래줄!

매만지네

길 위에 들뜬 길을 새들처럼 높게 걷다
구름을 손짓하니, 겨드랑이 선선하네
배낭에
돌 하나 꾸리고
사무치는 저녁이여

가끔은 들고양이가 줄줄이 뒤따라와
저무는 노을 향해 향피리를 불다 말고
꽃피는 나무 우듬지를
육교에서 매만지네

산밤

나보다 입이 작은 뭇짐승들 차지라고

작아도, 속 너른 게

어이 작다 하겠느냐

한 줌은 부러 못 줍고

반 줌 챙겨 딸들 보네

먹기는 아니 먹고 공깃돌로 삼는 눈치,

딸들아, 이 속에는

산밤나무 우람하다

누구라 입이 없겠냐

있고 없고 네게 준다

연기의 그림자

한밤의 빌딩 옥상, 연기가 펄펄 난다
한낮의 추운 입김
되살려낸 추억인 듯
환난悲難이 저만치 솟구쳐
별이라도 따려는 듯

새하얀 봉두난발 무얼 그리 찾아 도나
뒤미처 빌딩 외벽에 제 그림자 돌아보곤
수시로 몸 바꾸는 그걸
환생인 듯 스쳐간다

초록 생명의 숲으로 귀환한
어느 풍류선객風流仙客의 근황
새뜻하고 소슬한 기운생동氣運生動의 시학

최창근 | 극작가·시인·영화감독

거룩한 마련

유종인은 1996년 등단한 이래 《아껴 먹는 슬픔》(문학과지
성사, 2001), 《교우록》(문학과지성사, 2005), 《수수밭 전별
기》(실천문학사, 2007), 《사랑이라는 재촉들》(문학과지성사,
2011), 《양철지붕을 사야겠다》(시인동네, 2015), 《숲시집》
(문학수첩, 2017) 등 여섯 권의 시집과 한 권의 시조집 《얼굴
을 더듬다》(실천문학사, 2012)를 출간한 중견시인이다.

시력 30여 년이 가까운 시인이지만 그는 시만 쓰지는 않
는다. 10년 전 미술평론으로도 데뷔한 후 《조선의 그림과
마음의 앙상블》(나남, 2017)이라는 멋진 제목을 단 미술비
평서(비평서이긴 하지만 산문집에 가깝다)도 출간했다. 무엇
보다 세 권의 수필집인 《그리움 거짓말 그리고 하나의 세

상》(박우사, 1995)과 《염전: 세상을 비추는 물거울》(눈와, 2007), 《산책: 나를 만나러 떠나는 길》(국일출판사, 2008)을 펴냈다. 참으로 부지런히 읽고 쓰는 다방면의 저술가이다.

그리고 더 대단한 일은 코로나 시국인 이 고난의 시기에도 그 어렵고 힘들다는 전업작가의 길을 묵묵히 걷고 있다는 점이다. 희곡도 쓰고 연출도 하고 영화도 찍지만 누구 말대로(여기서 누구는 이문재 시인이다) 자본주의 사회에서 돈 안 되는 일만 골라 하고 있는 동병상련의 같은 전업 예술가인 나로서는 그 딱한 사정과 정황을 아주 잘 이해한다.

딱한 사정과 정황이라고 힘주어 강조했지만, 그는 이 국면을 종착지를 정해 놓고 한 발 반 발 그것도 느릿느릿 걸음을 옮기는 황소처럼 삼라만상을 완상하며 즐기는 듯하다. 세속의 범인들은 감히 넘보지 못할 시인으로서의 소명의식을 품고 세상살이의 고달픔을 신선의 해찰로 대체한 양 어쩌면 달관이나 해탈과 다른 득도의 경지에 이른 듯 보이는 지천명을 훌쩍 넘은 그가 닿고자 하는 최종 목적지는 어디일까? 아니 그가 마음에 오롯이 지닌 '천명'은 무엇일까?

독특하게도 각각의 개별적 시가 아니라 한 권의 시집 전체가 유종인의 대표작이라 할 수 있는 것이 이 시인의 특징이다. 시를 보는 관점이나 취향에 따라 다르겠지만 그래도 굳이 꼽으라고 한다면 그의 대표작은 〈화문석〉, 〈시궁쥐와 해바라기〉, 〈정신병원으로부터 온 편지〉, 〈홍길동과 구운몽〉, 〈그 여름의 삽화〉, 〈광인일기〉 연작(이상 《아껴 먹는 슬픔》), 〈떠도는 산수화〉, 〈역장驛長의 가을〉, 〈교우록〉交友錄, 〈눈사람전傳〉(이상 《교우록》), 〈기침소리〉, 〈뿔〉(이상 《수수밭 전별기》), 〈백골전서〉白骨全書, 〈겨울 선자扇子〉, 〈현〉玄, 〈야생란〉, 〈이끼 2〉(이상 《사랑이라는 재촉들》), 그리고 시집으로 묶이진 않았지만 비교적 최근에 발표한 〈석류〉와 〈푸른 모과〉 정도 아닐까.

이를테면 작품 속의 이런 표현들을 보자.

　　잠든 당신 이마에 고려청자 속 구름무늬처럼 일렁이는 주름살들

　　　　　　　　　　　　　　　　　　　-〈화문석〉 중에서

　　누군가 아직도 식물의 맘으로 동물의 상처를 앓고 있다

　　　　　　　　　　　　　　　-〈정신병원으로부터 온 편지〉 부분

혹은 이런 수사修辭들도 있다.

　　내리지 않는 눈이 가장 순수한, 착한 눈이었다

　　　　　　　　　　　　　　　　　　　-〈교우록〉 중에서

희고 흰 사람, 시침 뚝 떼고 정거장 같은 몸을 물로 옮겨갔다

-〈눈사람전〉 중에서

이런 구절들은 어떠한가.

그대가 오는 것도 한 그늘이라고 했다
그늘 속에
꽃도 열매도 늦춘 걸음은
그늘의 한 축이라 했다

-〈이끼 2〉 중에서

옛날 엽전을 한입 가득 물고
영생을 부르는 사람은 사방으로 빛의 끼니를 부른다 …

농담을 잃은 나귀 주둥이에 청모과를 먹이면
가을이, 저만치 주인 없는 술집만 같다

-〈푸른 모과〉 중에서

그런데 네 번째 시집 《사랑이라는 재촉들》 후에 출간된
《양철지붕을 사야겠다》에 실려 있는 〈궁합〉, 〈소나무와
영정사진과 폭설과 달밤에 대하여〉, 〈숲의 방랑자〉, 〈저
녁의 포석〉, 〈연리지〉連理枝 연작 같은 시들과 비교적 최근
에 나온 《숲시집》에 수록된 〈숲과 신명〉, 〈산처기〉山妻記,
〈숲을 쥘부채처럼 지니고〉, 〈숲의 기적〉, 〈원대리 자작나

무숲〉, 〈파초芭蕉 숲으로 가다〉, 〈숲의 후예〉 연작들을 보면 이 시인의 앞으로의 궁극적 행보를 짐작할 수 있다. 아니, 그는 이미 인식에서 행위로 나아가는 것처럼 보인다. 바이러스뿐만 아니라 전 지구적 기후위기의 시대에 시의 거처로 그가 준비하고 있는 거룩한 마련은 무엇일까.

사랑의 족속

나는 시를 잘 모른다. 그저 남몰래 조금씩 쓰면서 많이 좋아할 뿐이다. 그저 좋아할 뿐 잘 모르는 시인데 시의 선배격인 시조인들 잘 알 리 만무하다. 다만 그 유명한 윤선도의 〈오우가〉五友歌처럼 학교 다닐 때 교과서에 실렸던 빼어난 시조 몇 편을 고스란히 가슴에 간직하고 있을 뿐이다. 정지용이나 윤동주의 동시를 흠모해 마음의 사진첩에 끼워 놓았듯이.

가령 가람嘉藍 이병기李秉岐의 "본래 그 마음은 깨끗함을 즐겨하여 / 정한 모래 틈에 뿌리를 서려두고 / 미진도 가까이 않고 우로 받아 사느니라"(〈난초 4〉)라든가, 초정艸汀 김상옥金相沃의 "비 오자 장독간에 봉선화 반만 벌어 / 해마다 피는 꽃을 나만 두고 볼 것인가 / 세세한 사연을 적어 누님께로 보내다"(〈봉선화〉)라든가, 이호우의 "살구꽃 핀 마

103

을은 어디나 고향 같다 / 만나는 사람마다 등이라도 치고 지고 / 뉘 집을 들어서면은 반겨 아니 맞으리"(〈살구꽃 핀 마을〉) 같은 작품들이 떠오른다.

한국 시조의 역사를 돌이켜보면 가장 먼저 떠오르는 작품이 이방원의 〈하여가〉와 정몽주의 〈단심가〉다. 포은圃隱 정몽주鄭夢周와 함께 '삼은'三隱으로 불렸던 목은牧隱 이색李穡과 야은冶隱 길재吉再의 시조도 빼놓을 수 없다. 황희 정승과 김종서 장군의 지조와 기개 서린 작품이 있었는가 하면, 연모의 정을 담은 서경덕과 황진이의 시조도 많은 이들의 사랑을 받았다. 시대를 달리해 살았던 황진이를 추억한 백호 임제, 천하의 예기 매창에 대한 그리움을 담은 유희경, 나라를 걱정하는 충정의 마음을 담은 이순신과 양사언의 시조도 널리 알려져 있다.

하지만 내가 아는 것은 거기까지고 시조시인도 최남선이나 정인보, 이은상, 이태극과 정완영, 조운, 이영도 정도다. 그 후 어깨 너머로도 훔쳐본 시조시인은 윤금초, 유재영, 김영재, 홍성란, 염창권으로 손에 꼽을 정도이다. 해방 이후 현대시조에 대해서는 거의 까막눈이라고 할 수밖에 없다. 한국적 정서를 바탕으로 박재삼과 이동주, 박용래가 시조 비슷한 시를 썼다는 것을 알 뿐이다.

유종인도 박재삼과 이동주, 박용래처럼 시조 비슷한 시를 쓰려는 것일까. 아니면 그가 바라고 원하는 시의 개혁

과 혁신을 시조를 통해 이루어 보고 싶은 것일까. 적어도
그에게는 형식적 이유 외에는 시와 시조의 구분이 무의미
해 보인다. 오히려 단순하고 소박한 삶을 지향하는 시인
의 가치관이나 인생관이 시조에 관심과 열정을 쏟게 하는
원동력이 되는 듯하다. 다만 나는 우둔한 독자의 한 사람
으로서 시의 외전이자 확장판인 '유종인표' 시조를 음미해
볼 따름이다.

첫 번째 시조집 《얼굴을 더듬다》에서 가슴을 서늘하게
스쳤던 작품은 〈사랑〉이나 〈풀베개〉, 〈단풍〉, 〈국수〉, 〈무
연고 묘지에 내리는 눈〉, 〈시인〉, 〈봄날〉, 〈천상〉天賞 같은
시들이다. 그리고 이 모든 시조들을 아우르고 포괄하는
단초가 되는 〈마음〉 연작이 존재한다.

특히 시인 자신의 시론이 드러난 듯 보이는 〈사랑〉은
길 잃은 아이를 달래기 위해 자신의 몸 전부를 햇빛 속에
내주는 눈사람의 희생과 헌신이 독자들의 눈시울을 젖게
한다. "가난은 나의 들판 / 품이 넓어 호젓하다"로 시작하
는 〈시인〉도 비슷하다. 〈팔레스타인〉이나 〈행진곡〉에서
도 소외된 지구촌의 약자들을 생각하는 시인의 뜨거운 연
민의 마음을 엿볼 수 있다.

이번의 두 번째 시조집에서 개인적으로 오래 마음이 머
물렀던 작품은 〈서신〉이나 〈가을 춘란〉, 〈간체자簡體字의
나날〉, 〈뱀딸기: 시론詩論과 더불어〉, 〈당나귀와 함께〉, 〈빗

자루들〉, 〈밤의 반죽〉, 〈소낙비〉, 〈뒤란을 읽다〉, 〈이끼밭〉, 〈유년의 판화〉, 〈고욤나무 아래〉, 〈비의 별사別辭〉 같은 시조들이다.

중심을 놔두고서 변두리를 아낀 나여

-〈가을 춘란〉 중에서

번다한 이 내 말들 언제쯤 간정해질까

-〈간체자의 나날〉 중에서

진미는 세상에 주고 그늘 심심 달게 살자

-〈뱀딸기: 시론과 더불어〉 중에서

소란 적막이 한 몸이다

-〈소낙비〉 중에서

농담은 열어놓고 번뇌를 능놀면서

-〈골칫거리〉 중에서

위의 구절들에서는 첫 시조집의 〈사랑〉에서처럼 직관에 의지해 간결하고 단출한 안빈낙도의 삶을 희구하는 시인의 소박한 시론이 화선지에 먹이 스미듯 은연중에 번져있다. 그중에서도 이쪽과 저쪽의 경계를 허물고 섞여들고 스미는 진흙의 촉감을 묘파한 절창 〈춘니〉春泥와 〈겨울 선자扇子〉, 〈산밤〉, 〈육교에서〉, 〈조롱박을 타다〉 같은 작품들은 첫 시조집을 비롯해 지금까지 유종인의 거의 모든 시집에서 몸만 달리해 그 주제와 내용이 변주되고 있다.

후덕한 그의 외모와 성정을 연상시키는 마을을 지키는 수호신이자 복과 재물을 불러들이는 신령스러운 생물 '두꺼비'(〈겨울 두꺼비 생각〉, 〈겨울비〉)나, 동양화에서 도인이 타고 다니거나 신선과 함께 노니는 '당나귀'(〈당나귀와 함께〉)가 자주 등장하고, 식물 중에서는 '연리지'(〈담쟁이〉)와 '춘란'(〈가을 춘란〉), '파초'(〈파초芭蕉의 내력〉) 등이 유난히 큰 어여쁨을 받는 것도 인상적이다. 예전에는 중국 시인 백거이와 이하, 화가 최북이 단골로 부름을 받더니, 이번에는 최치원(〈고운孤雲 시편〉 연작)이 그 명단에 올랐다. 돈 있고 백 있는 인사이더보다 아무것도 가진 것 없는 요절시인이나 시대의 불운아들이 그의 마음을 사로잡은 것일까.

순수한 우리말을 다루는 데 일가견이 있는 그는 한자어의 의미를 중첩시켜 그 외연을 확장하는 것에서도 탁월한 장인의 솜씨를 보여 준다. 아래에 열거한 단어들은 그가 아니었으면 국어사전에서 찾아 다시 살펴볼 엄두를 내지 못했을 터이다.

너테(얼음 위에 덧 얼어붙은 얼음, 〈겨울 당나귀에서 봄 당나귀에게로〉), 운두(그릇이나 신 따위의 둘레나 높이, 〈종이컵 화단〉), 왜장녀(몸이 크고 부끄럼이 없는 여자, 〈충전〉), 오란비(장마, 〈팔월〉), 어웅한(굴이나 구멍 따위가 쑥 우므러

져 들어간, 〈환상 동굴〉), 두동지지(앞뒤가 엇갈려 서로 맞지 않은, 〈몽타주〉), 생게망게(하는 행동이나 말이 갑작스럽고 터무니없는 모양, 〈동숙의 노래〉), 굴풋해진(배가 고파 무엇을 먹고 싶은 느낌이 있는, 〈연못이 있는 정자〉), 네굽질(팔다리를 내저으며 몸부림치는 짓, 〈산역〉) 등이 그러하다.

먼가래(객지에서 죽은 사람의 송장을 임시로 그곳에 묻는 일, 〈산역〉), 목내이(썩지 않고 오랫동안 원형의 모습을 그대로 보존하고 있는 인간이나 동물의 시체, 〈가을 목내이〉), 넌출(길게 뻗어나가 늘어진 식물의 줄기, 〈젖은 옷〉), 물초(온통 물에 젖은 모양, 〈겨울비〉), 몬존한(얼굴이나 모습이 위풍이 없이 초라한, 〈고욤나무 아래〉), 청처짐한(아래쪽으로 좀 처진 듯한, 〈고욤나무 아래〉), 진솔(옷이나 버선 따위가 한 번도 빨지 않은 새것 그대로인 것, 〈입적〉) 등도 마찬가지다.

시집뿐만 아니라 산문집에서도 '숨탄것'(숨을 받은 생명체)이나 '삼이웃'(이쪽저쪽의 가까운 이웃), '갈마들다'(서로 번갈아들다), '시난고난'(병이 심하지는 않으면서 오래 앓는 모양), '늠늠하다'(성격이 너그럽고 활달하다) 같은 낱말들을 즐겨 쓰는 것도 말을 다루고 부림에 있어 천의무봉인 말의 사제이기에 가능한 것이리라. 속세를 의미하는 '사창'私娼(〈서신〉), 경치를 빌려온다는 뜻의 '차경'借景(〈정자〉亭子), 난초의 경전을 가리키는 '난경'蘭經(〈발품〉), 살이 전부 썩은 죽은 사람의 머리뼈를 지시하는 '촉루'髑髏(〈한식寒食:

어머니〉), 본문에 딸려 그 말을 설명하는 말인 '계사'繫辭
(〈비의 별사〉) 같은 한자어를 작품의 맥락에 따라 능수능
란하게 구사하는 것도 그러하다.

〈먹자골목에서〉나 〈한반도〉처럼 삶과 정치를 풍자한
시조도 더러 있지만, 〈족발과 난초〉, 〈도래샘〉, 〈술과 국
수〉에서 보듯 유종인처럼 하찮은 것을 고귀하고 아름답게
표현한 시인도 드물다. 그가 펴낸 산문집의 문장을 빌리
자면 "아마도 내 평생은 걸레와 난초를 결합하려는 그 말
없는 싸움과 물 가뭄 속에서 피는 난꽃을 기다리는 가운
데 저물 것이다"(《산책》, 2008, 33쪽). 그는 변두리를 사랑
한다. 중심보다 주변, 서울보다 지방, 도시보다 시골을 지
향하는 이른바 '변방의 시학'이라 칭할 만하다.

그래서인지 그의 시 혹은 시조에는 그가 사랑하는 식물
과 동물, 곤충 같은 숨탄것뿐만 아니라 생명이 없는 사물
도 무수히 등장한다. 그리고 작품 안에서 그러한 사물을
판단하는 어떤 절대적 기준이나 중심이 해체되고 급기야
사라진다. 그가 바라보는 사물은 목숨이 붙어 있어 그 자
체로 삶과 사랑을 나누는 존재다. 〈빗자루들〉이나 〈숨은
꽃: 못〉, 〈나무빨래판〉, 〈도마를 말리다〉, 〈쥘부채를 펴
다〉, 〈돌베개〉, 〈머리카락들〉 같은 시들을 보라.

첫 번째 시조집의 해설을 쓴 장철환은 '아버지의 붓'을
거론하면서 유종인의 시가 죽음의 세계를 향해 나아가리

라 예측했다. 이 성실하고 섬세한 문학평론가의 예언은 그 죽음이 삶의 영역까지 포괄한 것이라는 조금은 다른 해석의 여지를 남긴다. 이번 시조집의 대표작 중 한 편인 들판을 삶으로 등치시킨 〈답청〉踏靑에서는 세상의 힘듦을 두려워하지 말고 당당하게 뚫고 나가라는 기세 좋은 적극적인 마음의 고갱이가 돌연 솟아오른다. 김민기의 노래 〈상록수〉에서 느껴지는 의기처럼.

첫 번째 시조집을 지나 두 권의 시집을 거쳐 두 번째 시조집에 이르러 죽음에서 삶으로 방향을 바꾼 그의 숨은 의지는 무엇일까? 사실 그의 시에서 감지되는 기운생동氣運生動의 의기뿐만 아니라 소슬한 우수憂愁는 도저히 해석 불가능하다. "벽이라는 그늘진 말 가만가만 매만져서 / 바람이 불어오면 푸르게 담 넘겨주며"(〈담쟁이〉)나 "몬존한 낮달 가까이 청처짐한 고욤 가지"(〈고욤나무 아래〉)처럼 신비롭고 우울하면서도 쓸쓸한 느낌이 묻어나는 시구는 최근의 한국 현대시에서 쉽게 접할 수 없다.

첫 번째 시조집을 내고 난 후 그의 시조에서 발견할 수 있는 것은 초록에 대한 동경을 통해 자연이 내는 기적과 기미에 오감을 열어 놓고 자신의 삶은 절제하면서 삼라만상의 삼이웃과의 나눔을 실천하는 생활이다. 사랑에 대한 괴로움(〈겨울 우레〉)과 시체를 묻고 뫼를 만들거나 이장하는 이의 외로움(〈산역〉) 같은 현실의 고통과 상처는 낚시를 통해 시인에게 기다림을 가르쳤던 병든 아버지를 거쳐 한평생을 애써 살아온 기도하는 어머니의 죽음으로 이어져 역설적으로 새로운 삶에 대한 기대(〈헌책방에서〉, 〈히말라야 세탁소〉, 〈뒤란을 읽다〉)를 불러온다. 그러한 역진화의 끝에 〈풀밭의 신발〉과 〈이끼밭〉 그리고 〈동행〉이라는 시조가 가뿐히 놓인다.

그리고 궁극적으로 없어지거나 잊히지 않고 오래가는 향기로 이 세상에 남기를 희구하는 사랑의 간절함이 다음과 같은 시에서 드러난다.

끝내는,

헤어지며 건네는 귤이어라

뒤돌아,

향기로 재장구치는 귤이어라

썩어도

나비를 부르는

달큰해진 혼魂이라

- 〈귤〉橘 전문

111

소슬한 위촉

연전에 우리가 광주 가까운 담양의 자신의 혀를 씻는다는 세설원洗舌園에서 만나 술잔을 나누며 형, 아우처럼 한두 달을 난 적이 있다. 그곳이 '글을 낳는 집'인 만큼 그의 두 번째 시집에 실린 〈교우록〉을 기억하던 내가 다음 시집은 어디서 내느냐고 넌지시 탐문했다. 그때 그의 낯빛에 순간 스치고 지나가던 곤혹스러운 표정을 잊을 수 없다. 시집을 일곱 권이나 낸 중견시인임에도 불구하고 여전히 그가 원하는 문학전문 유명 출판사에서 시집을 내려면 그곳에 투고해야 한다는 말을 듣고 나는 아연실색했다.

"아니, 정말요? 진짜?" 내 입에서 탄식처럼 흘러나온 신음에 가까운 소리는 한국시의 현주소를 그대로 내비치는 물거울 같았다. 등단하고도 시집을 내려면 투고해야 한다는 사실은 어디선가 들어서 알고 있었다. 그 과정에서 말 못할 사연과 우여곡절도 익히 모르는 바는 아니었다. 하지만 신인도 아니고 이미 버젓하게 일가를 이루고 문단에서 나름의 평가를 받는 중견시인도 시집을 출판하려면 매번 투고해야 한다는 현실이 좀처럼 믿기지 않았다.

그러나 곧바로 우리는 골치 아픈 속세의 시름은 잊어버리고 너나들이하면서 술잔을 기울였다. 술자리는 좋아하지만 술은 잘 못 마시는 나에 비해 그는 술잔을 거듭거듭

비우면서도 낯빛 하나 붉어지지 않고 오랜 시간의 흥을 누리고 즐겼다. 특유의 부처 같은 미소를 연신 좌중에 흘리면서. '아, 이 사내 봐라. 고수 중 고수네!'라고 속으로 뇌까렸지만 겉으로 내색하지 않았다.

여러 시인들과 서로 시 몇 편을 나누고 낭송하는 자리가 자연스럽게 깊어졌다. 그러자 몇 권의 시집에 잘 알지도 못하는 발문跋文을 어줍지 않게 붙인 나의 이력을 아는 그가 "다음에 시집을 내면 당신이 발문을 써 보는 게 어떤가?"라는 얼토당토않은 말을 끄집어내기에 이르렀다. '어허, 이런 변고 아닌 변고가 있나'라고 생각하면서도 세상의 맛과 멋을 즐길 줄 아는 이 시인의 권유가 싫지 않았다.

직업적으로 해설을 쓰는 일은 문학비평가의 몫이라고 생각해 해설이라는 말 대신 늘 '발문'을 고집했다. 그런 나 역시 '그래, 해설이면 어떻고 발문이면 어때. 내 속으로 들어온 시를 나누는 자리라면!'이라고 대범하게 눙치고 퉁기는 일을 마다하지 않았다. 실은, 사랑이면 어떻고 우정이면 어떤가. 만남이라면 어떻고 이별이라면 또 어떤가. 그렇게 밤은 깊어가고 한세상은 흘러가는 것을.

유종인은 자본주의 사회에서 강요하는 경쟁을 마다하고 스스로 몸을 낮춰 이해와 배려로 세상의 흐름에 몸을 의탁한 채 자연의 호흡에 맞춰 어디론가 새뜻하고 소슬하게 흘러가는 시인이다. 그러한 생은 장승업의 〈삼인문년도〉三人間年圖를 논하는 자리에서 장주의 소요유逍遙遊를 빌려와 그가 언급한 "세속의 늙음에 갇히지 않고 자연과 우주의 흐름에 온전히 몸과 마음의 흐름을 맡겨 능노는 삶"이다(《조선의 그림과 마음의 앙상블》, 2017, 322~328쪽).

서양의 인생관이 불멸을 추구한다면 동양은 오로지 필멸이 아닌가. 반드시 소멸해 사라지는 존재인 인간은 그러하기에 또한 '적당히 죽이는 것은 올바르게 살고 살리는 이치'에 가깝다고 해야겠다. 그러니 당연하게도 고요와 적막은 폐허에 깃들기 마련이다.

사랑과 자유의 풍류를 찾아 삶과 죽음, 성과 속의 경계를 갈마드는 천생 시인일 수밖에 없는 이 평범하게 거룩한 남자가 삼라만상으로부터 받아 적은 시인의 말을 들어 보자.

거룩한 마련도 없이,
나를 둘러싼 숨탄것들이 삼이웃 같다

구구한 사연들과 적막한 그늘들
버릴 수 없는 사랑의 속종들
모두가 종요로운 존재들로 늡늡해지는 마련들,
거기서 불어나오는
숨결 같은 바람들

그리고 해묵은 듯 새뜻한 시가 내게 건네는 소슬한 위촉委囑들.

이제 그의 시 혹은 시조를 읽는 친애하는 독자가 이 심심하게 사는 남자가 건넨 위촉장에 늠름하게 화답할 차례이다.

시인 유종인과 함께하는

조선의 그림과
마음의 앙상블

유종인 (시인·미술평론가)

공감의 언어로 읽는 조선의 명화, 조선의 마음

시인이자 미술평론가인 유종인이 조선의 걸작 80여 편의 아름다움과 그 속에 담긴 옛사람의 마음을 전한다. 신윤복, 김홍도, 안견, 정선에서 유숙, 이재관까지… 연애, 풍류, 음식, 책등 다양한 키워드로 조선의 풍속과 정취, 그리고 옛사람의 마음을 고스란히 담았다. 또한 시인으로서 오랫동안 갈고닦은세련된 언어로 그림과 마음의 앙상블에 노랫말을 붙였다. 그노래를 따라가면 조선의 그림 속에 담긴 다감하고 그윽한 조선의 마음이 들리는 듯하다. 신국판·올컬러 | 348면 | 24,000원

나남
nanam   Tel. 031-955-4601
www.nanam.net

나남시선